L'ORIENTALE,

POÈME ÉPIQUE ÉPISODIQUE,

MÊLÉ DE CHANTS,

Par J.-B. GOUST (de Menet, Cantal),

Dédié aux Armées alliées d'Orient.

~~~

PREMIÈRE PARTIE.

~~~

PRIX : 1 FRANC.

Nota. La suite paraîtra par périodes, en suivant le cours des événements de cette guerre.

L'ORIENTALE.

L'ORIENTALE,

PIÈCE EN VERS,

ou

POÈME ÉPIQUE ÉPISODIQUE,

MÊLÉ DE CHANTS, — EN TROIS ACTES,

PAR

J.-B. GOUST,

Dédié aux Armées alliées d'Orient.

Grâce, grâce, lecteurs! pour ma lyre naissante ;
C'est son premier début, elle est encor tremblante.
Muses, pardonnez-moi, si du sacré vallon
J'ai par ces quelques vers froissé le beau gazon :
Mais j'aime ma patrie, et pour chanter sa gloire
J'eusse pris d'Apollon cette lyre d'ivoire,
Qui séduisit les dieux et les rendit jaloux
De ses brillants accords et de ses sons si doux.

—◦◦◦—

PREMIÈRE PARTIE.

—◦◦◦—

CLERMONT-FERRAND,
TYPOGRAPHIE DE HUBLER ET DUBOS.
—
1855.

PERSONNAGES.

LE SULTAN.

MENSCHIKOFF, ambassadeur russe.

OMER-PACHA, général turc.

DE SAINT-ARNAUD, général français.

LORD RAGLAN, général anglais.

CANROBERT, général français.

GAUCHER, sergent (29 ans de service).

CHAPARDOT, zouave.

VILAIN, chasseur à pied.

CAYOT, zouave.

VICTOR, zouave.

ROSE, jeune vivandière.

Vizirs et Généraux, Ambassadeurs de France, d'Angleterre
et autres puissances.

L'ORIENTALE.

ACTE PREMIER.

—

La scène représente une salle d'audience du Sultan. Vizirs, généraux et ambassadeurs sont présents. Des janissaires gardent l'entrée.

SCÈNE PREMIÈRE.

LE SULTAN

Aux ambassadeurs.

De mes sujets chrétiens ne puis-je être le père,
De leur religion protéger le mystère,
Et faire respecter leurs libertés, leurs mœurs,
Abolir les abus de mes prédécesseurs?
Quand Allah sur mon front posa le diadème,
Ne me donna-t-il pas l'autorité suprême
Pour faire leur bonheur et non les opprimer?
Or, je veux à mon choix créer et supprimer,
Mais ne céder jamais au puissant Moscovite,
Cachant l'ambition sous l'habit de lévite,
Un droit qui vient du Ciel et que tout souverain,
Comme un dépôt sacré, doit conserver en main.
De son protectorat quelle est donc l'origine?
Le Ciel a-t-il vendu sa puissance divine;
Ou par un fol orgueil, plein de témérité,
Ce fier rival croit-il, par son rang exalté,
Proclamer hautement un vice héréditaire,
Sous le nom de vertu, pour tromper le vulgaire?
Non, cela ne se peut; l'*Europe*, à l'œil discret,
Approfondit déjà son sinistre secret.

Un courrier est introduit, il apporte la nouvelle de l'envahissement de la **Valachie**.

LE SULTAN.

Vous m'apportez sans doute...

LE COURRIER.

Une triste nouvelle :
Le Valaque succombe et vous reste fidèle ;
De nombreux bataillons, par la rage guidés,
Du Danube ont franchi les flots intimidés ;
Ils ont porté le feu, la mort et le ravage
Dans les belles cités qui bordent son rivage.

LE SULTAN,
Aux ambassadeurs.

Dois-je au droit du plus fort livrer ma nation,
Et du grand Mahomet voir effacer le nom ;
Flétrir de mes aïeux tant de siècles de gloire,
Et ternir à jamais leur auguste mémoire ;
Voir un despote enfin maître de mes états,
Faire de mes sujets autant de renégats ;
Remplacer le croissant, emblème d'espérance,
Par des monstres hideux, sur les murs de *Byzance ?*
Oh ! non, plutôt périr en lui vendant mon sang,
Voir ma patrie en feu rentrer dans le néant.
Vous tous qui m'entendez, que vos âmes répondent.

L'AMBASSADEUR DE FRANCE.

Hautesse, combattez.

L'AMBASSADEUR D'ANGLETERRE.

Nos drapeaux vous secondent.
La France et l'Angleterre unissent en ce jour
Leurs bras pour protéger votre sublime cour.

MENSCHIKOFF,
S'approchant.

Du plus grand souverain qui gouverne en *Europe*
Vous méprisez l'appui ! Sachez donc qu'à *Sinope,*
Bientôt de sa fureur vous connaîtrez l'éclat.

Déjà la *Valachie*, au pouvoir du soldat,
Subit de son vainqueur l'autorité suprême.
Tremblez, Sultan, tremblez pour votre diadème,
Ou veuillez vous soumettre aux volontés du Tzar.

LE SULTAN,
Montrant un rempart où est le buste de Mahomet.

Mahomet, qui m'inspire ici sur ce rempart,
M'ordonne de braver le courroux de ton maître.
Pars de ces lieux, dis-lui que j'abhorre le traître
Qui, méprisant les lois des grandes nations,
De hordes envahit mes belles régions;
Dis-lui que les combats sont les champs de mes pères,
Que je vaincrai comme eux ou mourrai sur ces terres;
Qu'un monarque avili, qu'un farouche oppresseur
Ne peut traiter...

MENSCHIKOFF.

Il est comme vous empereur.
Sortant.
D'un arrogant défi je serai l'interprète.

LE SULTAN.

Malheur à l'orgueilleux qui cherche la tempête!
Malheur! car le destin, ennemi du méchant,
Renverse ses projets et le rend impuissant.

Menschikoff sort. Des janissaires arrivent sur la scène.

CHOEUR DES TURCS.

Le Russe impie arbore sa bannière,
Fils d'Ismaël, arborons nos croissants;
La voix d'Allah nous ouvre la carrière,
Et Mahomet veille sur nos turbans.
Mourons, s'il faut, au seuil de nos mosquées,
De nos sérails défendons les abords,
Et que bientôt ces hordes débusquées,
Sur notre sol ne comptent que des morts.

REFRAIN. Nobles enfants de la Turquie,
Le glaive en main redressons-nous,
Nous sauverons notre patrie,
Car Mahomet guide nos coups.

SCÈNE DEUXIÈME.

Un esclave entre, remet une lettre au Sultan, qui la lit tout bas.

LE SULTAN,
Avec fureur.

De vengeance mon cœur depuis longtemps avare,
Vous jure par Allah que ce peuple barbare
Paiera par tant de morts chaque goutte de sang
Qui coulait dans Sinope...

OMER-PACHA.

Oh! qu'entends-je, Sultan?

LE SULTAN,
Lui présentant la lettre.

Lisez, Omer-Pacha, voyez quelle infamie!
Sinope était encore dans la paix endormie,
Lorsque la flotte russe, environnant son port,
A porté dans son sein l'épouvante et la mort.

OMER-PACHA,
Sortant son yatagan du fourreau.

Par ce beau yatagan, son unique héritage,
Légué par votre main comme prix de courage,
Omer fait le serment de combattre en tous lieux
L'assassin de Sinope.

LE SULTAN,
Lui tendant la main.

Ah! tu me rends heureux!

SCÈNE TROISIÈME.

Un courrier rentre et remet une lettre à Omer-Pacha, qui la lit tout haut.

OMER-PACHA
Lit tout haut.

Du Ramazan c'était encore la veille,
Lorsqu'une voix vint frapper mon oreille :
Abd-el-Kader, me dit-elle, mon fils,
De ton aïeul sois toujours l'interprète,

Des Musulmans, qu'Omer soit à la tête,
Je chasserai loin d'eux tous les périls.

Ton frère, ABD-EL-KADER.

OMER-PACHA
Chante seul.

Abd-el-Kader, descendant du prophète,
Dont le génie a combattu vingt ans,
De son aïeul près de nous interprète,
A la victoire appelle les croyants.

CHOEUR.

Omer-Pacha, nous suivrons ton étoile!
Le Ciel l'a dit : tu dois être vainqueur.
Marchons, marchons, que la mort de son voile,
Couvre à jamais le barbare oppresseur,
  Nobles enfants de la Turquie,
  Le glaive en main redressons-nous;
  Nous sauverons notre patrie,
  Car Mahomet guide nos coups.

LE SULTAN.

Le Ciel s'est prononcé, l'étendard du Prophète
Doit triompher partout et sans que rien l'arrête.
Aux armes, Musulmans! un si puissant appui
Doit raffermir vos cœurs à dater d'aujourd'hui.
Oh! soyez sans pitié, qu'au milieu du carnage,
Ces tigres furieux que dévore la rage,
Connaissent à vos coups le moteur principal,
Le Dieu qui vous protége et qui leur est fatal.
Sinope est à venger, la Valachie expire
Sous le knout du tyran ou de l'ignoble sbire.
Attendrez-vous ainsi, plongés dans le sommeil,
Des fers tout préparés pour un honteux réveil?
Non, je lis dans vos yeux l'horreur de l'esclavage,
L'amour de la patrie et le plus grand courage;
Vous n'attendez, je vois, qu'un ordre, qu'un signal;
Partez, soyez vainqueurs, voici le général.

Désignant Omer-Pacha.

OMER-PACHA.

De sauver ma patrie, aurai-je donc la gloire?
Cet honneur est trop grand, je n'oserais y croire.
Puisque le Ciel le veut, trop heureux d'obéir,
Je pars et combattrai jusqu'au dernier soupir.

Le canon du port annonce l'arrivée des flottes alliées. Tous les personnages se retirent.

SCÈNE QUATRIÈME.

La scène change à vue, et représente la mer et la plage. On aperçoit des flottes au lointain. Les Français ont débarqué loin du port, et arrivent par terre. On entend la musique militaire. Le maréchal de Saint-Arnaud est en tête des troupes. Le Sultan et sa suite les attendent.

LES TURCS CHANTENT :

De l'Occident voici venir nos frères,
Vaillants guerriers vieillis dans les combats.
Nos ennemis ont vu jadis leurs pères,
Un demi-dieu guidait alors leurs pas.
Qu'ils étaient beaux sur le champ de la gloire!
Leur fier regard semblait charmer l'airain,
Ils sont comme eux chéris de la victoire.
Grand potentat, vois pâlir ton destin.
    Nobles amis de la Turquie,
    Le glaive en main redressez-vous.
    Vous sauverez notre patrie,
    Car notre Dieu guide vos coups.

LE MARÉCHAL DE SAINT-ARNAUD,
Présentant les troupes au Sultan.

Hautesse, de vos droits nous prenons la défense;
Ces guerriers à l'œil fier sont les fils de la France,
Et ce noble étendard, que guide l'aigle d'or,
Est pour la barbarie un présage de mort.
Ils sont de l'opprimé l'étoile tutélaire.
Dociles dans la paix, des lions dans la guerre,
Leur cœur brûle déjà du plus noble désir
De combattre le Russe, et de vaincre ou mourir.
Ils n'ont pas à venger la cendre de leurs pères,
Qui moururent vainqueurs, ployés dans leurs bannières,

Mais ils veulent prouver à tous vos ennemis
Qu'au milieu des combats ils marchent affermis.

LE SULTAN.

Général, qu'en ce jour Allah veuille m'entendre !
Tous ces héros, issus de la plus noble cendre,
Reverront leur patrie, emportant nos souhaits,
Et laissant parmi nous le souvenir français.
Ils vaincront, j'en suis sûr ; leur belle renommée
A parcouru l'Europe, électrisé l'armée.
Du sommet de l'Atlas aux déserts inconnus,
Ils ont toisé le monde et laissé des vaincus.
Allez dans nos palais reposer vos fatigues,
Vos jours nous sont trop chers, n'en soyez point prodigues.
Bientôt, dans les combats, votre bouillante ardeur
Trouvera des périls dignes de votre cœur.

SCÈNE CINQUIÈME.

Les flottes rentrent dans le port. Lord Raglan vient seul à terre.

LES TURCS CHANTENT :

Vous qui des flots bravez la pétulance,
Enfants des mers nourris dans Albion,
Voguez vers nous : votre sainte alliance
Doit conserver l'honneur d'un pavillon.
La loyauté, vous appelant aux armes,
Des Musulmans a garanti le sort.
Frappez, Anglais, bannissez nos alarmes,
En punissant le despote du nord.
Nobles amis de la Turquie,
Le glaive en main redressez-vous.
Vous sauverez notre patrie,
Car notre Dieu guide vos coups

LORD RAGLAN.

Hautesse, les Anglais hissent leurs pavillons
Pour maintenir la paix parmi les nations ;
Tous ces vaisseaux armés, mouillés sur cette plage,
En seront à vos yeux le plus sûr témoignage.

Ils défendent les droits des peuples et des cours,
Et vont d'un pôle à l'autre apporter leurs secours.
Eprouvés au combat, quand leur voix de tonnerre,
De tribord à babord fera trembler la terre,
L'ennemi consterné connaîtra son destin,
Le géant abattu ne sera plus qu'un nain.
Je puis vous l'assurer, car le Dieu des armées
Est toujours dans les rangs des troupes opprimées,
Et le Dieu de la paix, le plus puissant de tous,
Punit l'ambitieux qui brave son courroux.

LE SULTAN.

Général, à l'espoir succède l'allégresse,
Les enfants d'Albion, joints à ceux de Lutèce,
Viennent à la Turquie offrir en un seul jour,
Leur courage et leur bras; que pourrai-je en retour?
Je ne saurais douter du succès des victoires,
Vos exploits sont encore vivants dans nos mémoires.
Notre ennemi commun, blessé dans son orgueil,
Peut couvrir ses projets d'un long crêpe de deuil.

ÉVOCATION AU GÉNIE DE LA PAIX.

SCÈNE SIXIÈME.

Le Sultan, de Saint-Arnaud et lord Raglan, se donnant la main, chantent les couplets
suivants.

LE SULTAN.

Allah, bénis cette sainte alliance,
Sur tes enfants fais descendre la paix,
De nos deux sœurs, l'Angleterre et la France,
Dans les combats, protège les hauts faits,

DE SAINT ARNAUD.

Nous connaissons le chemin de la gloire,
Guide nos bras pour cueillir ses lauriers,
Nous ornerons le temple de victoire,
Pour tout jamais, de branches d'oliviers.

LORD RAGLAN.

Contiens les flots, rends-nous les vents propices,
Et des écueils chasse au loin le danger.
Nos pavillons vaincront sous tes auspices,
Et tous en paix, nous pourrons t'adorer.

Un génie descend sur la scène, entouré d'un nuage, au milieu de feux du Bengale.
Il tient une branche d'olivier d'une main et des épis dans l'autre. Il chante le couplet
suivant :

Air : *Liberté sainte, après trente ans d'absence.*

Peuples et rois, abandonnez vos haines,
Qu'un long baiser efface le passé;
Unissez vous, brisez toutes les chaînes,
Et la discorde aura soudain cessé.
Le sang humain n'arrose point la terre,
Il monte au ciel et réclame un vengeur,
Et c'est, hélas! toujours contre son frère.
Vivez en paix, c'est là le vrai bonheur.

ACTE DEUXIÈME.

La scène représente un camp. Les tentes sont sur un rang, au fond. Les soldats sont
occupés au nettoyage de leur fourniment. Le tambour bat au champ, ils courent
aux armes et se placent en ligne de bataille sur le devant des tentes.

SCÈNE PREMIÈRE.

CANROBERT, général ; GAUCHER, sergent, avec trois chevrons, il n'a pas de cheveux ;
CHAPARDOT, VILAIN, CAYOT, VICTOR, ROSE.

CANROBERT,
Général.

Soldats, n'oublions pas notre noble patrie,
En des climats lointains, sur les mers en furie.
Quand son cœur généreux nous dit : Courage, enfants !
Partez, et mon amour vous rendra triomphants !
Elle veille sur nous, et sa sollicitude
A formé ce maintien, cette fière attitude,
Qui de nos ennemis fait l'unique terreur,
Et nous donne la gloire avant le champ d'honneur.

Au milieu des périls, quand le beau nom de France,
Sortant de nos poumons comme cri de vaillance,
Vibrera dans les airs au centre du fracas,
La victoire aussitôt s'abattra sur nos pas.
Avec moi, criez tous : Vive, vive la France !
Et mourons, s'il le faut, mourons pour sa défense !
Car défendre les droits des peuples asservis,
C'est défendre les siens et ceux de son pays.
Déjà la barbarie, aux faces décharnées,
Croyait tenir en main toutes les destinées,
Et commander l'Europe au gré de ses désirs,
Nous voir tous dans les fers témoins de ses plaisirs.
Civilisation ! tes enfants sont aux armes.
Plus grande que jamais, bannis donc tes alarmes !
Tu dois bientôt régner sur l'univers entier,
Être son seul moteur, comme son seul levier.
Pour toi, nous combattrons ; ta volonté suprême
Est au-dessus de tout, puisqu'elle est Dieu lui-même.
Nous vaincrons en ton nom, ou nous mourrons pour toi,
C'est le vœu de nos cœurs, c'est notre unique loi.

CHOEUR.
Les soldats forment le cercle autour du drapeau.

Air du *Coq gaulois.*

Au drapeau de notre patrie,
En ce jour faisons le serment,
De détruire la barbarie,
Ou de mourir en combattant.
Fils des Gaulois, le sang de nos ancêtres,
Vermeil et pur, inonde notre cœur ;
Jurons par lui de devenir les maitres
De l'oppresseur.

Le cercle s'ouvre, les officiers sortent du camp.

SCÈNE DEUXIÈME.

GAUCHER.

Ce serment, mes amis, est un serment de gloire,
Conservons-le toujours présent dans la mémoire.

En attendant, goûtons les douceurs du repos ;
Pour astiquer les Czars, nous serons plus dispos.
N'allez pas, mes enfants, chaparder sur ces terres.
Évitez, croyez-moi, des châtiments sévères ;
Rien ne vous manquera...

CHAPARDOT,
D'un ton railleur.

Pas même l'appétit ;
J'en possède déjà beaucoup plus que d'esprit.

VILAIN.

Qu'en pensez-vous, sergent ? N'est-ce pas en Turquie
Que naquit cet argot qu'on nomme poésie ?
On rime malgré soi du matin jusqu'au soir,
Et l'on peut s'exprimer sans peigne et sans rasoir.
C'est déjà quelque chose acquis dans cette guerre.
Si nous ne restons pas, nous reviendrons, j'espère,
Demander le baptême aux quarante doyens
Qu'on nomme dans Paris académiciens.
Je suis persuadé que dans leurs vieilles têtes,
Ils vont rire de nous, comme ils font des poètes ;
Mais , dam ! un vieux troupier peut prendre son pompon,
Et leur dire : Voilà , prenez-le pour blason.

CAYOT.

Un zouave, l'ami, n'est donc pas de ton nombre,
Puisqu'il ne porte pas comme toi ce concombre ?
Que peut-il, dans ce cas, offrir à ces Messieurs ?
Cherche dans ton cerveau...

VILAIN.

Pas grand'chose d'ailleurs.

CAYOT.

Je te reconnais là, beau vitrier de mon âme :
De peur de t'échauder, tu craches sur la flamme.

Eh bien ! écoute-moi ; tu vas voir ce cadeau :
Je leur présenterai de *Menschikoff...* la peau !

VICTOR.

Les fourrures du Nord sont les plus recherchées.
Par nous, elles seront crânement dénichées.
Nous en ferons un choix, et jamais dans Paris
L'on n'aura vu l'ours blanc à si modique prix.

CHAPARDOT.

Que diable pensez-vous ? Pensez-vous que la panse
Se contente aisément de tout ce que l'on pense ?
Le roulement est fait ; puis rien dans le fanal.
Avons-nous donc perdu ce beau nom de chacal,
Et devons-nous pioncer (1) comme un paslourd (2) tranquille ?
Laissons-là ces discours, visitons la presqu'île.
Un mouton musulman du plus noble embonpoint,
Vous offre ses faveurs ; ne les refusons point.

VICTOR.

Halte-là ! *Chapardot,* connais-tu la consigne ?

CHAPARDOT.

Dam ! le poêle est lui seul orné de cet insigne.

VICTOR.

Tu t'en ris, par ma foi ! tu te feras piger (3).

CHAPARDOT.

Pas de pègue (4), mon vieux ; mais tu m'y fais songer.
Un soldat de la ligne a passé l'arme à gauche ;
Il n'a donc plus besoin de sa lourde sacoche.
Vers le Père éternel, il peut bien revenir
Sans cet habit témoin de son dernier soupir.

(1) Dormir.
(2) Épithète donnée aux soldats du léger.
(3) Punir.
(4) Danger.

Nous allons habiller ce charmant indigène
De ce costume-là, sans qu'il soit à la gêne ;
Nous le ferons ainsi paraître dans le camp
Comme un Français vaincu par le vin d'Orient.

VICTOR.

Je te comprends, ami : marchons, la nuit s'avance,
Et surtout observons un rigoureux silence.
Le gigot m'est bien cher ; mais la garde du camp
Fait souvent digérer le mets le plus friand.

CAYOT.

Et moi, je pars aussi ; je pourrai sans nul doute
De quelque bon vin turc vous offrir une goutte ;
Notre gouvernement nous fournira le pain,
Et nous complèterons ainsi notre festin.
Au plus tôt arrivé, courrons à perdre haleine,
Et ne revenez pas sans l'habillé de laine.
Au revoir, les amis...

VILAIN,
A part.

     Ils ont le diable au corps ;
Ils nous mettraient tout vifs à la place des morts.
Dire que ces *chacals* (1), qui sont comme nous sommes,
Ni plus grands, ni plus gros, se croient plus que des hommes !
Ça me fait trop suer, nom d'un chien, je le dis.
Je veux savoir s'ils sont maîtres du paradis.

SCÈNE TROISIÈME.

GAUCHER
Commande la garde du camp.

Au poste, les enfants, tous ceux qui sont de garde !
Vous en êtes, *Vilain ;* que rien ne vous retarde,
Arrivez *illico,* prenez la faction ;
Ne laissez rien rentrer sans ma permission.

(1) Epithète donnée aux zouaves.

Dis donc, écoute-moi, Rose, ma fiancée :
J'étais à ta naissance, et jamais ma pensée
N'eût dit que dans vingt ans, je serais comme toi,
Ou que toi, tu serais aussi vieille que moi ;
Il fallait qu'en ces lieux...

ROSE.

Vous portiez votre tête
Pour la rendre pareille à celle d'une bête.

GAUCHER,
Qui n'a pas entendu.

Oui, Rose, tu l'as dit : le vieux sergent Gaucher
A bien fait de venir en ce pays nicher.
Célébrons, si tu veux, ce soir, nos fiançailles.

ROSE.

Lorsque nous reviendrons des sanglantes batailles,
Même sans ce toupet, vous aurez mon amour.
La victoire unira nos deux cœurs au retour ;
Mais ne parlons ici que de notre patrie,
De nos exploits futurs...

GAUCHER.

O ma Rose chérie !
Tu connais mieux que moi le devoir d'un Français ;
Il doit primo marcher au devant des succès,
Placer ce gueux d'amour...

ROSE.

Ou donc ?

GAUCHER.

En serre-file,
Lui dire : Garde à vous, soyez donc immobile,
Vous ne devez bouger qu'à mon commandement.

ROSE.

Vous lui parlez, je vois, d'après le réglement.

GAUCHER.

Je ne connais que ça, tant pis s'il s'en offense :
Ce n'est pas lui, morbleu! qui gouverne la France.

ROSE.

Oh! vous avez raison, mais il est de nos cœurs
Le seul maître absolu, le plus grand des seigneurs.

La générale bat. Les soldats courent aux armes.

GAUCHER,
Prenant la main de Rose, chante.

Rose, entends-tu la générale?
Mon cœur bondit d'amour, d'espoir ;
Cette voix seule est ta rivale,
Je l'aime autant que ton œil noir.

ROSE.

Elle est la voix de la patrie,
Et tout Français doit la chérir.
L'entendez-vous? Elle vous crie :
Vous devez vaincre ou bien mourir.

ACTE TROISIÈME.

—

Les troupes sont aux plaines de l'Alma. Les Russes occupent les montagnes voisines.

SCÈNE PREMIÈRE.

LE MARÉCHAL DE SAINT-ARNAUD,
Aux troupes.

La fortune en ces lieux guide votre courage.
Avec moi, mes amis, saluez cette plage.
Que le ciel soit témoin de nos joyeux ébats;
Ici vont commencer ces immortels combats.
Voyez vos ennemis sur ces hautes montagnes,
D'un air terrifié, contempler ces campagnes,
Qu'ils n'ont osé défendre à quelques-uns de vous;
Vous les avez vaincus sans leur porter des coups.

Qu'en sera-t-il alors, quand, armés de vos glaives,
Vous frapperez sur eux sans relâche et sans trêve?
Leurs bataillons vaincus, leurs escadrons épars,
Comme de vils troupeaux, fuiront de toutes parts.
Ma confiance en vous m'assure la victoire.
Ses lauriers reverdis orneront votre gloire,
Et la France orgueilleuse, à côté d'un grand nom,
Mettra ceux de l'*Alma*.

ENSEMBLE.

Vive *Napoléon!*

DE SAINT-ARNAUD.

Mes ordres sont donnés, soyez prêts dès l'aurore,
Le soleil saluera le drapeau tricolore
Sur le sommet des monts où sont nos ennemis;
L'impossible n'est plus; or tout vous est permis.
Soldats, toute l'Europe attend cette journée
Comme la plus brillante et la plus fortunée.
Votre ardeur, je le vois, demande le signal;
A demain mes enfants.

ENSEMBLE.

Vive *le maréchal!*

CHOEUR.

Quand de l'airain la voix sonore
Annoncera la belle aurore,
A ce signal nous combattrons,
Et le soleil qui va paraître,
Reconnaîtra le nouveau maître
De ces ravins et de ces monts.

Les soldats plantent une rangée de tentes au fond du théâtre. Les officiers se retirent.

SCÈNE DEUXIÈME.

VICTOR,
A ses camarades.

C'est dit: demain matin nous causerons ensemble,
Et nous saurons pour lors qui d'eux ou de nous tremble;

Ce soir occupons-nous de fêter ce grand jour ;
Ce sera tant de pris si nous voyons le tour.
Ce pays est fertile, et son beau territoire
Doit offrir un tribut aux enfants de Grégoire.
Partons, amis, partons, visitons ces saints lieux.

CAYOT.

Halte-là, s'ils sont saints, tu dois craindre les dieux !

VICTOR.

Merci, je sors d'en prendre, et l'on rirait peut-être
De me voir à genoux devant un pareil maître.
Le dieu de ce pays, crois-le, mon cher *Cayot*,
Est tout autant gourmand et moins que toi dévot.

CAYOT.

Il ne peut inspirer pour lors aucune crainte.

VICTOR.

Prends garde, mon ancien ; c'est un grand labyrinthe
Qui voudrait dans son corps nous voir tous engloutis.

CAYOT.

Il doit être porté pour les gros abatis ?
Comment le nommes-tu ? Quelle est sa résidence ?

VICTOR.

Czar à Saint-Pétersbourg et Nicolas en France.

CAYOT.

Nicolas, c'est le nom qu'on donne aux idiots.

VICTOR.

Il l'est peut-être bien, et de tous ses défauts,
Son plus grand est, dit-on, de prendre de l'absinthe
Dans son vase de nuit qui contient une pinte.

CAYOT.

Tu badines, je crois ?

VICTOR.

Je ne badine pas :
L'Europe ne devait lui faire qu'un repas.

CAYOT.

Je voudrais voir ces mets rangés sur une table ;
Ça doit être, *Victor*, un fameux comfortable.

VICTOR.

La Turquie en potage et l'Autriche en bouilli,
La Hongrie au cresson, l'Allemagne en couli,
Les royaumes du Nord en ustensiles d'ambre,
Tous les petits duchés cuits en robe de chambre,
L'Italie en volaille, et la Prusse entre-met,
L'Espagne en vins exquis et la France en civet,
L'Angleterre en poisson, la Suisse en confiture :
Il faut à ce Monsieur tout cela pour pâture.

CAYOT.

Plus que ça d'un seul coup, sans prendre du café?

VICTOR.

La Suède est déja dans son vaste buffet.

SCÈNE TROISIÈME.

CHAPARDOT.

De buffet vous causez au moment où j'y pense.
Savez-vous, sacrebleu ! que j'ai mal à la panse?
La mer Noire en chagrin canutant mes sabords
M'a fait cracher la langue et les boyaux du corps.
V'la que mon sac est vide et plat comme punaise,
C'est bien plus qu'il n'en faut pour me rendre malaise.
Si vous tenez aux jours du pauvre *Chapardot*,
Au pas accéléré marchons vers ce château.
Ce nez, votre tuteur, ce nez, plein de finesse,
Auquel vous tous devez bien des moments d'ivresse,
Vous dit que c'est tout prêt, que le couvert est mis.
Peloton en avant, à ces nouveaux amis
Présentons nos saluts.

CAYOT.

C'est de la politesse,
Et notre bataillon méconnaît son altesse ;
En vainqueurs seulement paraissons devant eux,
Prenons leur place à table et buvons du plus vieux.

VICTOR.

Nous allons leur causer une aimable surprise.

CAYOT.

Pas fort, l'ami, pas fort.

CHAPARDOT.

Eh bien c'est à leur guise,
Pourvu que la cuisine offre quelque agrément,
C'est ce que je demande en fait de compliment.

Ils partent au nombre de six. Le château est au fond du théâtre, on le voit. Portes
et persiennes sont fermées ; ils enfoncent, entrent et garrottent cinq ou six personnages russes. Ils ouvrent les portes et se mettent à table. On les voit.

SCÈNE QUATRIÈME.

CAYOT,

A ses camarades.

La cuisine ma foi dilate mes prunelles,
Je ne pensais baffrer (1) que des bouts de chandelles
Chipés (2) par leurs aïeux chez quelques épiciers
Du faubourg Saint-Denis ou des autres quartiers.
Le saindoux enfumé n'est donc plus à la mode?

VICTOR.

C'est pour nous recevoir qu'ils changent de méthode.

CHAPARDOT.

De la cave je tiens la vénérable clef :
Gare à leur picolo, s'il n'est pas bien cerclé!
Duquel faut-il servir à Messieurs les convives ?

(1) Manger.
(2) Volés.

ENSEMBLE.

Du meilleur ! au galop, quelles qu'en soient les rives.

Il apporte plusieurs bouteilles goudronnées, en débouche une de champagne, portant
une plaque en fer-blanc, où la date 1814 est gravée en chiffres à l'extrémité supé-
rieure. Il verse à ses camarades.

CAYOT,
Se levant et s'adressant à son verre.

Dis-moi, mon bon pays, par quel heureux hasard
Viens-tu dans ces climats séduire mon regard,
Enivrer mon cerveau par ta suave haleine?
Depuis quand, mon amour, as-tu quitté la Seine,
Et quel est le destin qui te tient en ces lieux ?

UN RUSSE,
Garrotté.

En dix-huit cent quatorze !

CAYOT.

          Il est pour toi trop vieux.

LE MÊME RUSSE.

Français, si tu sais lire, examine la plaque.

CAYOT.

J'y lis qu'il est pour nous et non pour le Cosaque.
Au-dessous de ton nombre aperçois-tu le mien?
Regarde, il est gravé, lis et souviens-t'en bien :
Là *dix-huit cent quatorze*, ici *cinquante-quatre*.

VICTOR.

Demain nous conduirons tous tes soldats de plâtre,
La baïonnette aux reins sous les murs de *Moscou;*
Nous espérons aussi que ton grand dieu du knout
Viendra comme jadis baiser notre mitaine.

CAYOT.

Pour la mitaine, non; mais zoui pour la patène.

Ils se lèvent de table le verre en main, visitent la salle, trouvent un piano, l'un d'eux
touche l'air : *Drin, drin;* les autres chantent les couplets suivants.

SCÈNE CINQUIÈME.

ENSEMBLE,
En gaîté.

Vive la joie et la terre promise,
Buvons, amis, buvons jusqu'à demain :
Bien plus heureux que notre aïeul Moïse,
Nous savourons ses bons mets et son vin,
    Drin, drin....

2me.

Encore un coup de ce nectar suprême,
Il lèche l'âme et la fait tressaillir,
Dieu ! qu'il est bon ! donne toujours du même,
Nous le boirons pour te faire plaisir.
    Drin, drin....

3me.

Debout, messieurs nos prisonniers de guerre ;
Comme Malbrough, vous aurez un convoi.
Montez gaîment par la porte cochère,
De vos chevaux admirez bien l'aloi.
    Drin, drin....

Ils montent les Russes dans une voiture qui est devant le château, s'attellent après, deux d'entre eux restent derrière pour garder les prisonniers, ils se dirigent ainsi vers le camp.

La scène représente des rochers escarpés au fond et sur les côtés, le devant, une plaine coupée par une rivière. Les Russes sont sur le sommet des montagnes, les troupes françaises et anglaises sur la rive de la rivière opposée aux montagnes. Le canon gronde.

SCÈNE SIXIÈME.

DE SAINT-ARNAUD,
Le drapeau à la main.

Soldats, cet aigle altier vous réclame son aire,
Partez ; que vos aïeux, se levant de sous terre,
Puissent avec orgueil reconnaître leur sang,
Et voir leur beau drapeau se redresser puissant.
De ces monts escarpés, mépris de votre audace,
Franchissez les écueils comme un éclair qui passe ;
En ce jour glorieux, le destin des combats,
Par vos bras aguerris va lancer le trépas.

En avant! en avant! c'est la voix de la France,
Cette voix qui vous crie : Allez, pleins d'espérance,
Je veille sur vos jours et présente en tous lieux,
Vous devez, ô mes fils! triompher à mes yeux.
Partez, nobles soutiens d'une sainte alliance.

ENSEMBLE.

Vive, vive Albion! vive, vive la France!

La charge sonne de toutes parts, les colonnes se meuvent, la fusillade commence du côté des Russes. Les Français et les Anglais passent la rivière, gravissent les ro-rochers, enlèvent, après avoir fait une décharge, toutes les positions des Russes à la baïonnette. Le bruit du canon et de la fusillade se fait entendre par intervalles.

Le sergent GAUCHER est porté blessé à mort sur la scène.

SCÈNE SEPTIÈME.

GAUCHER,
D'une voix mourante.

Amis, c'en est donc fait, ma blessure est mortelle,
La victoire est à nous, elle n'est point cruelle.
Du vieux sergent, le Ciel daigne exaucer les vœux :
Il doit mourir content, mourant victorieux.
J'ai toujours envié pour toutes funérailles
La tombe des héros sur les champs de batailles,
Lorsque privés de force et de toute vigueur,
Mes bras pour leur pays n'auraient plus de valeur.
Que vois-je devant moi? C'est *Rose* l'orpheline !
Ah! donne-moi la main, créature divine :
A mon dernier soupir, te devant un aveu,
J'avais un grand regret de ne te dire adieu.
Rose, calme tes sens à ma voix suppliante,
Laisse essuyer tes pleurs par cette main tremblante.
Ecoute, mon enfant, et ne m'interromps pas,
Car je sens que la mort vers moi marche à grand pas.
Les auteurs de tes jours, que tu n'as pu connaître,
Tombèrent devant moi quand tu venais de naître.
Des bédouins enivrés de carnage et de sang,
Sous la mère gisante oublièrent l'enfant.

Je te pris dans mes bras et je devins ton père ,
Je te vouai dès lors une amitié sincère ;
Mon unique bonheur fut de te voir grandir,
De tes grandes vertus le monde t'applaudir.
J'étais jaloux de toi, de ta beauté si rare,
Comme l'est d'un trésor l'ambitieux avare.
Persuadé qu'un jour les plus vaillants guerriers,
A tes pieds porteraient les plus riches lauriers.
Je possède de l'or pour te doter, ma *Rose :*
J'ai remplacé trois fois, et toi seule en es cause ;
Ton avenir, enfant, m'eût fait perdre le mien,
Si le Ciel n'eût aidé ton unique soutien.
Je vois avec bonheur ma prière exaucée,
De quelque général sois donc la fiancée.
Ta beauté, ta candeur et tes dix-neuf printemps
Ont pour se rehausser quatre cent mille francs.
Huit mois sont écoulés depuis cet héritage.
Un parent inconnu sur le déclin de l'âge,
Fixa sur moi ses yeux , et dans son testament
Fit le bonheur de *Rose* et du pauvre sergent.
A mon tour j'ai versé sur ma jeune pupille,
Une fortune, hélas ! qui ne m'est plus utile.
Enfant, prends cet écrit, c'est l'adresse des lieux
Où se trouve placé ce dépôt précieux.
Je te quitte, je meurs... Ah ! ferme mes paupières ;
Rose, adieu pour toujours !

ROSE,
Pleurant et s'adressant au ciel.

Exauce mes prières !
Mort... mort... toi qui m'entends témoin de mes douleurs,
Dans le même tombeau mets l'orpheline en pleurs.
Rose n'a point vécu, le voile du mystère
A caché de ses jours la destinée amère.
Elle sort du néant pour pleurer et gémir,
Pour invoquer la mort qui la faisait frémir.

Homme trop généreux, qui t'immolas pour elle,
Qui vendis ton bonheur de parcelle en parcelle
Pour l'élever au rang des dames de la cour,
Prépare-lui sa place au céleste séjour.
Au milieu des combats, que la balle ennemie
Qui t'a percé le sein termine aussi sa vie.
Rose court te venger et mourir comme toi.
Soldats, laissez sa tombe entr'ouverte pour moi.

Rose prend les armes du sergent, pose son tonneau, gravit les rochers en tirant sur l'ennemi. Elle est blessée à mort et transportée sur la scène, quatre zouaves la portent sur un brancard qu'ils font de leurs fusils.

SCÈNE HUITIÈME.

ROSE,
D'une voix mourante.

A l'enfant du malheur le ciel ouvre ses portes,
Je vais bientôt paraître au sein de ces cohortes
Où m'attend à cette heure, auprès de mes parents,
Ce noble bienfaiteur de mes plus jeunes ans.
Adieu, vaine fortune, idole de la terre,
De ta coupe je fuis tous les maux qu'elle enserre.
Prodigue tes faveurs à ces pauvres mortels
Qui, fascinés par toi, te dressent des autels.
Adieu, patrie, adieu, tous ceux qui m'ont aimée
Ont péri dans les rangs de ta vaillante armée.
J'eus un champ de bataille en naissant pour berceau,
Et le Ciel a voulu qu'il devînt mon tombeau.
Je meurs ; adieu, patrie, adieu, terre de larmes :
D'un éternel repos je vais goûter les charmes.

La fusillade continue quelques moments. Des soldats arrivent sur la scène, portant des drapeaux russes. Le maréchal de Saint-Arnaud, accompagné de quelques officiers, descend des montagnes, il arrive sur la scène en même temps que lord Raglan arrive d'un autre côté.

SCÈNE NEUVIÈME.

DE SAINT-ARNAUD,
A lord Raglan.

Que de lauriers, *Milord*, cueillis par un seul homme !
Vous avez surpassé les vieux héros de Rome !

Tel le dieu des combats, paisible spectateur,
Debout, le front serein sur le champ de l'honneur,
Par votre noble exemple, en bravant la mitraille,
Vous avez décidé du sort de la bataille.
Veuillez donc agréer cet hommage éclatant
De l'admiration qu'inspire en moi le grand.
Auprès de vos soldats, soyez mon interprète.
Leur courage en ce jour, au sein de la tempête,
A prouvé qu'ils étaient dignes de leurs aïeux,
Qu'ils savaient des combats rentrer victorieux.

LORD RAGLAN.

Général, cet éloge est une récompense
Que nous devons encore aux enfants de la France.
Nous avons en ce jour, guidés par leur valeur,
Brillé de leur éclat, partagé leur honneur ;
Mais nous profiterons de cette noble école ;
Et marchant à côté des descendants d'Arcole,
Invincibles partout, refoulant le pervers,
Nous rendrons avant peu la paix à l'univers.

Les soldats sont rassemblés sur la scène, ceux qui portent des drapeaux sont en avant des rangs.

DE SAINT-ARNAUD,
Aux troupes.

Soldats, le monde entier vous tresse des couronnes
Et vous nomme soutiens des peuples et des trônes !
Votre glaive bientôt de l'immortelle paix
Doit répandre en tous lieux les généreux bienfaits !
Vous avez, en ce jour de courage et de zèle,
De tous les vieux héros surpassé le modèle.
Je suis fier de le dire, et la postérité
Consacrera vos noms à l'immortalité !
Vous avez beaucoup fait, mais il vous reste à faire :
Vous devez du tyran détruire le repaire.
Demain, soldats, demain notre aigle dans son vol
Nous conduira vainqueurs devant *Sébastopol !*

Un aigle descend sur la scène, tenant en son bec une branche de laurier, et dans ses serres une guirlande tricolore ; sur le blanc est écrit en lettres de sang : *Alma*. Il plane sur les troupes.

LES TROUPES CHANTENT :

1.

Fier autocrate, émule des enfers,
De ton orgueil le Ciel punit l'audace ;
Nos bras armés viennent briser les fers
Que nous forgeaient les héros de ta race.
Tyran , malheur à toi ! vois l'Europe debout
Pour défendre ses droits et sa liberté sainte !
    Nous combattrons sans crainte,   (*Bis.*)
Et ses nobles drapeaux flotteront sur Moscou !

REFRAIN.

En avant ! à la baïonnette !
Car notre aigle a repris son vol :
Tes remparts abattront leur crête.
    A la baïonnette !   (*Bis.*)
    Croule (*ter*), *Sébastopol !*   (*Bis.*)

2.

Il faut du sang à ton cœur altéré,
Ton œil hagard parcourt déjà nos veines.
Despote, bois, ton peuple massacré
T'offre le sien pour abreuver tes haines.
Immole tous tes serfs à ton ambition :
La vie est leur fardeau, la mort leur délivrance !
    Bourreau ! que ta vengeance   (*Bis.*)
Soit maudite du ciel, de même que ton nom !

En avant ! à la baïonnette !
Car notre aigle a repris son vol :
Tes remparts abattront leur crête.
    A la baïonnette !   (*Bis.*)
    Croule (*ter*), *Sébastopol !*   (*Bis.*)

FIN